Direction générale : Gauthier Auzou
Responsable éditoriale : July Zaglia et pour la présente édition : Claire Simon
Mise en pages : Alice Nominé
Responsable fabrication : Jean-Christophe Collett – Fabrication : Nicolas Legoll
www.auzou.fr

© 2012, Éditions Auzou
Dépôt légal : janvier 2014
Tous droits de traduction, de reproduction et d'adaptation strictement réservés pour tous pays.
Loi n° 49-956 du 16 juillet 1949 sur les publications destinées à la jeunesse.

Hansel et Gretel

D'après le conte des frères Grimm
Illustrations de Mathilde Lebeau

AUZOU

Il était une fois un bûcheron qui vivait pauvrement dans la forêt avec sa famille. Sa femme était vieille et cruelle, mais ses deux enfants, Hansel et Gretel, suffisaient à son bonheur. Il était courageux et travaillait dur, mais il n'y avait jamais assez de nourriture à la maison. Un jour, la femme du bûcheron se déclara lasse d'avoir tant de bouches à nourrir.

« Demain, dit-elle, nous irons abandonner les enfants au fond de la forêt. Ils sont trop jeunes pour retrouver le chemin de la maison et devront apprendre à se débrouiller. »

Le bûcheron, qui aimait beaucoup ses enfants, fut très triste de cette décision. Mais Hansel, que la faim tenait éveillé, avait tout entendu. Il se leva, sortit dans la nuit et ramassa plein de cailloux blancs qu'il mit dans sa poche.

Le lendemain matin, toute la famille partit dans la forêt.

« Restez là, dit la femme, nous allons chercher du bois et
nous revenons tout de suite. »
Mais ils ne revinrent jamais. Heureusement, Hansel avait semé
tous ses cailloux blancs sur le chemin. Avant la nuit tombée,
les deux enfants étaient retournés chez eux.
En les voyant arriver, la vieille femme fut très contrariée
et dit au bûcheron :
« Demain, nous les emmènerons encore plus loin et, de là,
ils ne pourront plus revenir. »

Le matin, ils allèrent dans la forêt et marchèrent longtemps… Hansel et Gretel avaient très faim mais, au lieu de manger le pain qu'on leur avait donné, Hansel l'avait jeté derrière lui.

« Nous suivrons les miettes et ainsi nous retrouverons le chemin de la maison », dit-il à sa sœur.
Mais ils étaient bien fatigués et s'endormirent.
Lorsqu'ils se réveillèrent, il faisait presque nuit.
Le bûcheron et sa femme étaient partis. Et, quand les enfants voulurent rentrer chez eux, plus de miettes !
« Maintenant nous ne retrouverons plus le chemin de la maison », dit Gretel.

Bien triste, elle allait se mettre à pleurer quand, soudain, ils aperçurent une adorable maisonnette.
C'était une petite maison faite de pain d'épice dont le toit était en biscuits et les fenêtres en sucre.
Ils étaient si affamés qu'ils cassèrent un morceau du toit et mangèrent en se régalant.

Tout à coup, une vieille femme sortit en ricanant.
C'était une méchante sorcière qui n'aimait qu'une seule chose :
manger les petits enfants. Elle avait vu Hansel et Gretel dans
la forêt et avait fait surgir par magie cette maisonnette
pour les attirer. Elle invita les enfants à partager son repas.
Le dîner fini, ils étaient si épuisés qu'aussitôt
ils s'endormirent.

À leur réveil, Hansel était enfermé dans une cage et Gretel comprit alors que c'était une sorcière !
« À présent, tu feras le ménage et la cuisine, lui ordonna la sorcière. Et quand ton frère sera bien gras, je le mangerai. »
Mais les sorcières sont myopes, et chaque fois qu'elle demandait à Hansel de lui tendre un doigt pour savoir s'il était assez gros, le petit garçon, très rusé, lui donnait un morceau de bois à toucher.
« Maigre, tu es encore trop maigre pour faire un bon dîner ! »

Au bout d'un mois, la méchante sorcière perdit patience.
Elle demanda à Gretel d'ouvrir le four et d'allumer le feu pour
faire rôtir son frère. La sorcière se pencha pour voir si le four
était assez chaud… et Gretel l'y poussa et referma
la porte. Ensuite, elle se précipita pour délivrer Hansel.
Dans la maison, ils découvrirent un sac rempli d'or,
de diamants, de bijoux et de pierres précieuses.

Hansel et Gretel eurent tôt fait de retrouver
la direction de la maison.
Tout à coup, ils débouchèrent sur les bords d'un étang.
Sur l'eau limpide nageaient de grands cygnes blancs.
Les deux enfants étaient obligés de traverser le lac, mais
ils ne pouvaient pas nager, leurs poches débordant de trésors.
« J'ai une idée, s'exclama Gretel ! Nous allons chacun
nous asseoir sur le dos d'un cygne et ainsi nous gagnerons
l'autre rive. »

Ainsi fut fait. Quand ils arrivèrent à la maison, le bûcheron pleura de bonheur en retrouvant ses chers petits.
Heureusement sa cruelle femme était morte.
Et tous les trois se jurèrent de ne plus jamais se quitter.
Ils vécurent heureux très longtemps et ne manquèrent plus jamais de rien.